Albert Morris Bagby

Liszt in Weimar

Auszüge aus dem Roman *Miss Träumerei. A Weimar idyl*

(New York 1895)

Deutsch von Nadine Erler

Für meinen Vater und meine Mutter

Weimar

Versteckt in einem abgeschiedenen langen Becken, das Thüringens grüne Hügel geschaffen haben, liegt das schläfrige kleine Weimar. In der Altstadt sieht man schmale krumme Straßen mit schlechtem Pflaster, gesäumt von einfachen zwei- oder dreistöckigen Häusern mit Stuckfassaden. Ihre monotone Unregelmäßigkeit findet ein jähes Ende an dem offenen, gepflasterten Marktplatz und dem Weg, der vor der mittelalterlichen Stadtkirche breiter wird, dem Theater und dem Postamt. Hier und da sorgen eine Bronzestatue, ein Brunnen oder ein paar Bäume für Abwechslung in dem tristen Einerlei aus Stein und Mörtel.

Ein paar Schritte weiter, links vom Marktplatz, ragt ein stolzes Schloß mit vielen Fenstern, einem großen rechteckigen Hof und einem ulkigen freistehenden Turm empor. Es ist für die Stadtbewohner das wichtigste Wahrzeichen und befindet sich am linken und niedrigeren Ufer eines brausenden kleinen Bachs, der den Ehrentitel „Fluß" trägt. Eine alte steinerne Bogenbrücke führt zu den Kasernen, öffentlichen Gärten und Villen auf dem nahen

Hügel. Zu beiden Seiten der Ilm mit ihren Schlangenlinien erstreckt sich ein Park.

Seine Romantik und seine verführerischen Wege wurden von Herzog Carl August[i] und dem unsterblichen Goethe geplant. Er reicht bis zu dem Weiler Oberweimar. Schräg gegenüber führen breite, moderne Straßen den Abhang hinunter bis zu Feldern, auf denen sich die Kornähren wiegen und auf denen im Sommer der rote Mohn und die blauen Kornblumen leuchten. Am anderen Ende der Altstadt thront ein schönes neues Museum gegenüber einer eindrucksvollen Residenzstraße. Die Straße erklimmt den Hügel und reicht bis zum Kaiserin Augusta-Platz vor dem Bahnhof am Fuß des erhabenen, waldigen Ettersberg. Am oberen Ende Weimars führt die prächtige Belvederer Allee mit ihrer langen Reihe majestätischer Villen mit Blick auf den Park nach Belvedere, dem Sommersitz des Großherzogs. Belvedere thront auf einem Hügel, anderthalb Meilen entfernt.

Überall in der kleinen Hauptstadt wurde Liszts Name genutzt, um ein Gespräch mit einem Neuankömmling anzufangen. Manche Besucher waren schon soweit, daß sie die Weimarer in zwei Kategorien einteilten – die, die

Liszt kannten, und die, die ihn nicht kannten. Erstere schilderten, wie sie ihn erlebt hatten, und letztere berichteten den neuesten Klatsch aus der Hofgärtnerei. Und manche taten beides.

In der Hofgärtnerei

An der Kreuzung von Allee und Hauptstraße stehen – wie die Säulen eines riesigen Tores – sehr schlichte Häuser mit dicken Mauern.

Das auf der linken Seite ist das einstige Zuhause von Franz Liszt. Er wohnte im zweiten Stock und damit im Obergeschoß. Unten lebt immer noch die Familie des Hofgärtners. Die einzige Tür des Hauses führt zum Königlichen Garten, der von einer hohen dichten Hecke vor den Blicken der Öffentlichkeit abgeschirmt wird. Man geht erst durch ein schmales Tor auf der Allee an der Ecke der Residenz und dann durch eine rustikale Pforte am Ende eines Weges, der an langen Gewächshäusern vorbei, über den Kiesplatz und zum Park. Ein altes Zeughaus mit Giebel und überhängenden Dachgauben, eine Gruppe hoher schmalen Tannen und ein großes Gehege für Federvieh umgeben die ausgetretene Steintreppe am anderen Ende des Gebäudes. Dessen Ähnlichkeit mit einem Gefängnis wird gemildert von Blumenkästen mit fröhlichen roten Geranien. Sie prangen im Mansardenfenster unter dem niedrigen Dach, und die Erdgeschoßfenster mit ihren ordentlichen Gardinen verschwinden teilweise hinter einer Reihe großer exotischer Pflanzen.

In diesem bescheidenen Heim empfing der große Meister Liszt bis zu seinem Tod jedes Jahr junge Pianisten, von denen er meinte, daß sie sich durch ihr Talent und ihre Leistungen seines kostenlosen Unterrichts würdig erwiesen hatten.

Eines Morgens im Juni, kurz vor dem Tag, an dem die Welt diesen größten Klaviervirtuosen aller Zeiten verlor, saß Pauline[ii], seine treue Haushälterin und Köchin, vor dem Haus und strickte. Sie war eine gutaussehende Brünette von etwa vierzig Jahren mit glänzendem Haar, rosigen Wangen, funkelnden Augen und einer hochgewachsenen, kräftigen Figur. Morgens war es meistens ruhig in der Nähe der Königlichen Gärten, abgesehen davon, daß gelegentlich eine Kutsche über das Kopfsteinpflaster der Stadt in die Richtung der Belvederer

Allee polterte, Tauben auf dem Dach des Zeughauses leise gurrten oder aus dem Hühnerhof schrilles Gackern ertönte. Auch wenn lange Dienstjahre und viel Verantwortung Paulines Rang im Haushalt erhöht hatten, vergaß sie nie die Standesgrenzen und achtete darauf, nicht zu vertraulich mit Liszts Schülern umzugehen. Die wenigen, die sie respektvoll „Frau Pauline" nannten, genossen ihre höchste Achtung.

Vier ausgetretene Steinstufen führten in die Eingangshalle, dann trat man über eine Schwelle und gelangte über die Wendeltreppe zu Liszts Zimmern. Die Tür zum Musikzimmer auf der linken Seite war wie meistens geschlossen; sie wurde nur zu besonderen Anlässen geöffnet. Die Tür stand wahrscheinlich offen und gab den Blick auf das enge Vorzimmer frei, wo Michael[iii], der ungarische Diener, zuverlässig über die Privatsphäre des ehrwürdigen Meisters wachte. Es konnte passieren, daß er nicht gleich zu sehen war, jedoch ein starker Branntweingeruch, der den Eintretenden zurückweichen ließ, und ein gleichmäßiges durchdringendes Schnarchen, bei dem die Wände des kleinen Zimmers erzitterten, für sich sprachen. Man sah nur einen großen Stiefel – er schaute aus den grünen Wollstoff-Vorhängen hervor, die die Couch am Ende des Zimmers verhüllten. Wenn dann eine verschlafene Stimme „Michael!" rief, war ein noch lauteres Schnarchen hinter den Vorhängen die einzige Antwort.

Der Meister selbst schlurfte langsam ins Zimmer, warf einen hilflosen Blick in die Richtung der verborgenen Couch und machte dann Miene, den Rückzug anzutreten. Er wirkte in diesem Moment sehr alt und konnte vor Müdigkeit kaum die Augen offenhalten. Sein dichtes seidiges Haar war zerzaust, stand in alle Richtungen ab und fiel ihm in weißen Wellen auf die Schultern. Schweiß perlte auf der breiten hohen Stirn und dem faltigen ausdrucksvollen Gesicht, das jetzt vom Schlaf gerötet war. Seine einst große, schmale Gestalt war vom Alter gebeugt und rundlich geworden. Er trug weiße Hosen, bequeme Hausschuhe ohne Absatz, ein schwarzes Hemd und ein Sakko aus Samt. Ein schwarzes Seidenhalstuch hing ihm lose um die Schultern. Wenn der Besuch Amerikaner war, rief er – mit immer noch heiserer Stimme –: „Ist das möglich! Mein liebes Amerika! – Wenn Sie gestatten", sagte er und verschwand hastig durch die Tür auf der anderen Seite, als schäme er sich seiner unordentlichen Aufmachung.

Vor dem Fenster mit Aussicht auf die Allee stand der breite, gut ausgestattete Schreibtisch des Meisters, geschmückt mit Staffeleibildern von Prinzessin Wittgenstein[iv] und Hans von Bülow[v]; einem Bronzeteller mit seinen geliebten starken Zigarren und einem weiteren für die Asche. Der Tisch war ausgezogen, und auf der Erweiterung standen noch ein Aschenbecher, eine Karaffe mit Cognac, eine mit Wasser und ein halbvolles Glas mit einer Mischung aus beidem. Später wurde alles verkauft und der Erlös ging an Waisenhäuser; das ist eine gängige Praxis in Deutschland. Ein zinnoberrotes seidenes Taschentuch und eine Brille lagen neben einem halbfertigen Brief in der unverkennbaren Handschrift des Meisters. Neben einem bequemen Ledersessel stand ein großer Mülleimer, aus dem die Schüler Jahr für Jahr die kostbarsten Dinge heraus fischten, wenn die Diener sie noch nicht mit Beschlag belegt hatten. Letztere waren aber gern bereit, die Schätze gegen ein kleines Entgelt wieder herzugeben. Ein großer Konzertflügel nahm den ganzen Raum vor den ersten beiden Fenstern ein und hinter dem

Stuhl des Spielers stand ein langes Sofa. Dort saßen neue Schüler nach ihrem ersten Auftritt wie auf einer Anklagebank und litten unbeschreibliche Qualen, wenn sie nicht genug Taktgefühl hatten, um sich davon zu stehlen. Dieses klobige Möbelstück und ein Klavier, das nur auf Konzerten im Orchester zum Einsatz kam, standen nebeneinander an der Wand – das Klavier hochkant. Unter dem Kaminsims befand sich ein runder Kartentisch und in der Nähe des bunten Vorhangs, der den Salon teilte, ein weiterer Tisch mit Zeitungen in verschiedenen Sprachen. Zwei schöne Lampen zierten die Marmorplatte. Ein paar Nippesfiguren auf einem Tisch hinter dem Schreibtisch, ein Topf Begonien, ein paar Drucke und Bilder an den weißen Wänden, ein paar Stühle aus Kirschholz mit braunem Samtpolster und ein schlichter grüner Teppich vervollständigten die Einrichtung dieses Zimmers. Auf dem Klavier türmten sich Stapel neuer Kompositionen und Bücher, letztere meistens Geschenke von Autoren.

Die Seitentür ging wieder auf, und der Meister, mittlerweile hellwach und in einem neuen schwarzen Hausanzug, betrat leichtfüßig den Salon.

„Sie sind also den Sommer über wieder in dem kleinen Nest Weimar! Nicht der schlechteste Ort, den man besuchen kann, nicht wahr? Ich gestehe, daß ich von Herzen froh bin, wieder hier zu sein."
Und die Studentin sagte: „Ja, lieber Meister, ohne Sie wäre es nicht Weimar."
Er saß am offenen Fenster und warf von Zeit zu Zeit einen Blick auf die bunte Pracht im Garten vor dem grünen Hintergrund des Parks. Das leise Gurren der Tauben und das Gackern aus dem Hühnerhof, die durch die Ferne gedämpft wurden, waren die Begleitmusik und schienen ihm zu gefallen. Eine milde Brise aus dem Wald wehte in den Salon und zauste die schneeweißen Locken des Meisters. Sein zerfurchtes Gesicht, das so sehr an ein Ehrfurcht einflößendes, mächtiges Gebirge erinnerte, hatte einen friedlichen Ausdruck angenommen, den man lange nicht gesehen hatte. Er hatte dieses ruhige Zuhause für sein Alter erwählt, und man hoffte von Herzen, daß er es noch viele Jahre genießen würde. Die robuste Erscheinung des Meisters war ein Grund, zu gratulieren – nicht nur ihm, sondern auch den Schülern, die das ganze Ausmaß seiner

Reizbarkeit ertragen hatten. Seine Krankheit hatte es in den letzten beiden Sommern noch schlimmer gemacht.

„Meine Augen werden schlechter", er machte eine ungeduldige Handbewegung in Richtung seiner Brauen, „und bereiten mir in letzter Zeit viele Sorgen. Sie haben vor ein paar Jahren während eines Aufenthaltes in Rom Schaden genommen. Ich wohnte in der Villa d'Este, Tivoli, und fuhr immer in die Stadt und wieder zurück. Die Rückfahrt fand meistens nach Sonnenuntergang statt, und ich hatte eine Lampe in meiner Kutsche, um die Zeit mit Lesen zu überbrücken, denn der Weg war lang und mußte mehrmals in der Woche zurückgelegt werden. – Oh, nun ja", fuhr er mit einem vielsagenden Schulterzucken fort, „das Unglück ist geschehen."

Der Alltag in der Hofgärtnerei verlief nach einem besonderen Muster, das sich durch die Anforderungen einer phänomenalen Karriere entwickelt hatte.

Mischka fiel es anfangs sehr schwer, sich an Liszts Einteilung von Tag und Nacht zu gewöhnen. Auch wenn anderthalb Jahre Lehrzeit dafür gesorgt hatten, daß er auf den Wecker reagierte, war er trotzdem nicht immer richtig wach, wenn das hartnäckige Klingeln ihn um halb vier aufschreckte. In solchen Fällen reichte es, daß er völlig schlaftrunken in das Zimmer von Liszt taumelte, der einen sehr leichten Schlaf hatte – und meistens kam er hellwach wieder heraus.

Um vier war Michael meistens wieder hergestellt und bester Laune. Er war ein großer, kräftiger Ungar von etwa dreißig Jahren, mit scharfsinniger, entschlossener Miene und energischem Auftreten. Er konnte unfreundlich sein, wenn die Umstände es erforderten, aber heute war er offenbar froh, daß in der Hofgärtnerei das alte Leben neu anfing – ebenso wie Pauline, deren fröhliche Stimme von ihrem Wachposten an der Haustür zu hören war. Sie hatte ihr Strickzeug mitgenommen und verwickelte ihre Lieblinge in ein kurzes Gespräch, bevor sie eintraten.

„Meine Damen und Herren", rief Mischka aus einem Salonfenster, „der Herr Doktor ist aufgestanden!"

Alle bewegten sich auf das Haus zu.

Zehn junge Leute beiderlei Geschlechts, einzeln oder zu zweit, kamen nach und nach herein, legten Hüte und Sonnenschirme ab und verschwanden durch die Seitentür. Nur diejenigen, die die technischen Schwierigkeiten des Pianoforte größtenteils oder ganz gemeistert hatten, kamen für Liszts Unterricht in Frage. Sich an einem Stück zu versuchen, das das eigene Können überstieg, bedeutete Verbannung aus der Klasse. Wenn jemand scheiterte, lag es meistens an Nervosität und nicht an Unfähigkeit, denn kein Schüler wagte es, unvorbereitet zum Unterricht zu erscheinen. Deshalb kümmerte Liszt sich nur um die künstlerischen Feinheiten. Seine Bemerkungen waren knapp, aber Offenbarungen für einen Pianisten. Die Schüler standen um das Klavier herum und notierten sich eifrig alles, was er sagte.

Der Meister war in einer seiner seltenen Stimmungen. Er hatte gut geschlafen und war froh, wieder im Mittelpunkt seines geliebten Kreises zu stehen. Es war sein Zuhause, seine Familie und die Freude seiner letzten Jahre.

Mit den Fingern auf den Tasten hatte Liszt die Macht eines Geisterbeschwörers. Er konnte seine Zuhörer mit dem Gefühl mitreißen, das ihn inspirierte. Aus verschiedenen Gründen lehnte Liszt es ab, während des Unterrichts bestimmte Kompositionen zu hören. Wenn er mit einem Stück unangenehme Erinnerungen verband, weil er es zu oft gehört oder jemand es zu schlecht gespielt hatte, wurde es oft für lange Zeit ins Exil verbannt.

„Bumm! Bumm!" So dröhnten die ersten Oktaven von Liszts Klavierkonzert Nr. 1 in Es-Dur. Der Komponist hatte als besonderes Zugeständnis erlaubt, daß es am nächsten Tag gespielt würde, denn: „Seine Töne waren lange stumm in der Hofgärtnerei."

Wie die meisten Pianisten hatte er eine Abneigung dagegen, dass man ihm beim Proben zuhörte. Wenn er müde wurde, sagte der Meister: „Adieu, liebes Norwegen." Es war das gleiche wie bei der Ankunft. „Auf Wiedersehen, Amerika." Das Heimatland oder die Stadt eines Schülers reichte Liszt, wenn er den Nachnamen vergessen hatte. Aber da sie aus allen zivilisierten Winkeln des Erdballs zu ihm kamen und manchmal unaussprechliche Familiennamen hatten, war eine solche Unterlassung verzeihlich.

Weimar

Am Ende einer der schmalen krummen Straßen der Altstadt, deren berüchtigt schlechtes Pflaster hier am schlimmsten ist, überragt ein düsteres altes Haus die benachbarten Giebel und Ziegeldächer der anderen. Die Fassade mit dem runden Torbogen auf der linken Seite, die ersten drei Fensterreihen und die Zwischenräume, die mit

Obst und Blumen aus Stuck verziert sind, stammt aus dem Mittelalter, aber das hohe Mansardendach wurde in diesem Jahrhundert hinzugefügt. Vor vielen Generationen war es eine der großen Residenzen der kleinen herzoglichen Hauptstadt. Es hat sich bis heute einen Anschein von Vornehmheit bewahrt, und das inmitten dieses Viertels voller Billigläden und Kneipen. Auf einer Seite des großen Eingangs – unter dem herabhängenden Glockenseil, das drinnen für solches Scheppern sorgt – befindet sich eine niedrige Steinsäule.

Die Seitenflügel mit hohen steilen Dächern und tief überhängenden Dachgauben haben nur zwei Stockwerke. Die Türen und Fenster sind die einzigen Lücken in dem üppigen Dickicht aus purpurfarbener Klematis. Der Hof ist architektonisch schlicht, bis auf einen niedrigen runden Turm mit einer Wendeltreppe am Ende der Galerie. Auf der linken Seite befindet sich der „Gartensalon", das gemütliche Eckzimmer mit doppelten Glastüren, das man auch vom Hof aus erreichen kann. Eine hohe Steinmauer umgibt eine Seite des Gartens.

Das Sommerhaus ist angeblich ein Teil der alten Stadtmauer und über siebenhundert Jahre alt. Zwischen zwei großen Fenstern führt ein breites bogenförmiges Tor mit doppelten Eisentüren zum Hauptweg. Draußen blühen Zitronen-, Orangen- und Feigenbäume; wuchernder Wilder Wein verbirgt zum Teil die Mauern, die bessere Zeiten hinter sich haben.

Das große Zimmer drinnen ist einladend und gemütlich. Schöne Gardinen an den Fenstern, ein Vorhang vor dem Eingang, Teppiche auf dem Ziegelsteinboden. Bequeme Korbstühle umgeben einen großen polierten Tisch; ein riesiges altes Klavier, ein großes Sofa, Ottomanen und merkwürdige Tische stehen an der Wand, auf Halterungen aus Terracotta thronen Büsten von Carl August, Marie Pawlowna[vi], und dem gegenwärtigen Großherzog Carl Alexander von Sachsen-Weimar und seiner Frau[vii]. Antiquitäten zieren das Kaminsims und die Nischen in der Mauer.

Es war seit grauer Vorzeit eine Art Musikzimmer. Aber das ist Jahre her. In ganz Weimar findet man keinen zweiten so abgeschiedenen, friedlichen Ort. In dieser verlassenen Straße ertönt kaum jemals das Gepolter von Rädern. Gelegentlich hallen Schritte auf dem Kopfsteinpflaster von den hohen Steinmauern wider.

Der 4. Juli

„Samstag, der 4. Juli, ist unser Unabhängigkeitstag. Laßt ihn uns feiern. Der Meister muß auch kommen, und wir brauchen Klaviermusik!" Eine junge Amerikanerin schmiedete mit Feuereifer Pläne.

Liszt hatte versprochen, den geplanten Unterricht zu verschieben, um die Feier zu besuchen, obwohl er keine Menschenmassen mochte. Er schickte einen Brief in seiner unverkennbaren Handschrift. „Bitte treiben Sie keinen zu großen Aufwand für Ihr Fest. Soll es Punsch, Kuchen und belegte Brote geben? Nein, das ist zuviel. Dann kann ich wirklich nicht kommen. Merken Sie sich: Punsch, Kuchen und vielleicht ein Glas Rotwein oder einen kleinen Cognac für den alten Meister. Mehr nicht. Ihr ergebener F. LISZT."

Die junge Frau kam am nächsten Tag spät zum Unterricht und bestärkte damit den Meister in seiner Befürchtung, dass sie viel zu großen Aufwand plante.

„Morgen ist die große Feier! Kuchen und Punsch! Mehr nicht, denken Sie daran! Und ein bißchen Musik. Ja! Vor allem den ‚Yankee Doodle'! So! Spielen Sie ihn jetzt für uns! Yan-kee Doo-dle!" sang der Meister mit angehaltenem Atem jedesmal, wenn der Name fiel. Dann formte er die nächsten Worte mit den Lippen und wiegte den Kopf im Rhythmus der Musik. Sein Gesicht leuchtete vor Vergnügen, und er schlug mit der rechten Hand den Takt – wie für ein großes Orchester. „*Brava brava*! Wunderbar! Ah! Ich habe eine Idee!" Er wies auf Arthur und schwenkte dabei den Zeigefinger. „Eine Aufgabe für Sie! Ja, Arthur muß es machen. Nehmen Sie sich den ‚Yankee Doodle‘ vor, und machen Sie bis morgen ein festliches Stück daraus! In vierundzwanzig Stunden kann man viel schaffen", fügte er hinzu, als Einwände laut wurden. „Zwei Klaviere! Etwas Großartiges! Und ah, ja, A-me-ri-ka muß es spielen. Kennen Sie zufällig Rubinsteins[viii] Variationen des ‚Yankee Doodle‘? Nein? Die sind auch Ihrem William Mason[ix] gewidmet. Ehre, wem Ehre gebührt! Nur eins ist ein bißchen lang", sagte der Meister lachend. „Ich glaube, daß sie in Leipzig veröffentlicht wurden. Davon spielt morgen jeder eine!" Alle machten bestürzte Gesichter.

Der Meister sagte: „Und nun an die Arbeit! Wir müssen ein Gruppenfoto machen lassen, zur Erinnerung an das

Fest", sagte er noch und trat beiseite. „Und es soll eine amerikanische Gruppe sein." Der Meister schlurfte zu seinem Platz am Klavier zurück und lachte unangebrachterweise über seine letzte Bemerkung, daß es eine amerikanische Gruppe sein solle. Dann sagte er: „Morgen um elf treffen wir uns bei Held[x]. Und Sie, Amerika, kommen vielleicht, und wir gehen gemeinsam hin?"

„Meister, ich kann Ihnen nicht zumuten, zu Fuß zu gehen. Ich lasse eine Kutsche kommen."

„Nein, nein! Denken Sie daran, keinen Aufwand! Ohne Kutsche! Wir gehen zu Fuß zu Held!"

Der Samstag dämmerte hinter dichten Wolken im kleinen Weimar.

Die Blumendekorationen und der sonstige Aufwand, der betrieben worden war, entsprach nicht Liszts Ermahnung zur Sparsamkeit, aber er ergab sich ohne Widerspruch und vergaß offenbar seine Drohungen, als Arthurs Interpretation des „Yankee Doodle" für Heiterkeit sorgte.

„Spielen Sie das noch mal!" sagte er von seinem Platz aus zu Arthur.

Die Einführung hatte keine Spur des „Yankee Doodle"
enthalten, es war eine majestätische Abfolge von Harmonien gewesen. Nach der Wiederholung, der Liszt mit erns-
ter Miene und einem gelegentlichen beifälligen Nicken ge-
lauscht hatte, wurden auf einem der Klaviere die bekannten Töne angestimmt.

„Yan-kee Doo-dle", sang der Meister mit, aber er mußte
es bald aufgeben, denn das Spiel wurde immer wilder und
heftiger. Am Ende bekundete er laut seine Begeisterung,
und alle Anwesenden, die Pianisten eingeschlossen, bra-
chen in Gelächter aus, als das Finale von Beethovens
Neunter Sinfonie versuchte, gegen den „Yankee Doodle"
anzukommen und auch noch ein Baß das „Glockenthema"
aus Wagners heiligem Musikdrama „Parsifal" anstimmte.
Es war eine geschickte Mischung. Aber am besten waren
Rubinsteins Variationen.

Arthur und andere spielten, und dann fuhr Liszt nach
Hause.

Es war ein schöner Anblick, als seine offene Kutsche sich
durch die schmale, krumme Straße schlängelte und das
„gemeine Volk" ihm seine Verehrung bekundete. Der Ar-
beiter in seinem schlichten blauen Leinenanzug hielt inne

und zog den Hut, ein Schuljunge unterbrach seine Albernheiten und tat dasselbe, wobei ein wirrer Lockenschopf sichtbar wurde, und der alte Meister erwiderte jeden Gruß und jedes Lächeln. Immer noch ertönte Musik aus den Fenstern des alten Schlosses.

Arthur spielte Liszts Rhapsodie Nr. 2. Man sah, wie der Komponist den Kopf neigte und etwas zu den drei Jungen sagte, die ihn nach Hause begleiteten.

„Warum wird das nie im Unterricht gespielt?" fragte jemand.

„Der Meister hat es satt."

„Trotzdem ist es eine seiner besten Rhapsodien."

Weimar

Die Belvederer Allee ist immer wunderschön, aber besonders an einem frühen Morgen, wenn die Vögel in den Bäumen singen, die blühenden Sträucher im Park ihren süßen Duft verströmen und die Sonnenstrahlen durch das Laub fallen und auf der weißen, stillen Promenade tanzen.

Hinter dem Villenviertel führte der Weg unter den Baumkronen leicht bergauf, bis zu der königlichen Residenz, die die Anhöhe krönt. Einen Katzensprung vom

Schloß entfernt, am Rand eines Weilers mit niedrigen Häusern, befand sich ein im Schatten gelegener Biergarten. Von dort aus hatte man Blick auf die Wiesen, Dächer und Baumkronen von Weimar, die sich um das Ende der kurvigen Allee scharten. Im Hintergrund erhob der riesige Ettersberg, der Wächter der Hügel ringsum, sein grünes Haupt.

Die ohnehin wettergegerbten Bauern zogen es vor, sich drinnen auszuruhen, aber die Städter suchten Erholung in der gesunden Luft und der endlosen Weite der Thüringer Landschaft.

Manchmal schien schon der Mond, wenn die Leute die gepflegten Gärten der Residenz verließen. Die Fassade leuchtete purpur in dem milden Licht, wenn man auf der Terrasse noch einmal Halt machte, um zu sehen, wie die letzten Sonnenstrahlen langsam über dem Ettersberg verblaßten.

Von den Wiesen stieg der Duft von frischgemähtem Heu auf. Es wurde Nacht, ein Männerchor stimmte Trinklieder an und ließ die Gläser klingen. In der Tiefe, unter dem Sternenhimmel und den schwarzen Hügeln, funkelten die

Lichter von Weimar durch einen feinen silbernen Schleier aus Nebel.

Einige Kneipengäste fuhren unter Lachen und Gesang davon, andere verschwanden lautlos, und der Mond ging über den letzten verbliebenen Nachtschwärmern auf. Zuletzt kehrten auch sie widerwillig aus den geliebten Hügeln Thüringens in die Schatten der Allee zurück.

Das Wasser der Ilm rauschte, und der alte Park zeigte sich mit seinen sanften Hügeln von einer bisher ungekannten Schönheit. Sogar das Kreischen der Pfauen klang an einem solchen Abend wie Musik.

Konnte man jetzt aus Weimar weggehen? Den Meister verlassen und all diese denkwürdigen Treffen aufgeben? Nur eins davon versäumen? O nein! „Wo mein Herz und mein Lied sind, da bin ich zu Haus"[xi]!

Historisches Weimar! Welche Musik, was für große Werke sind dein Erbe, seit Goethe und Schiller dir erstmals Unsterblichkeit verliehen haben! Wie sieht deine Zukunft aus? Wo ist das Genie, das deinen Ruhm am Leben hält? Steht es schon vor deiner Tür oder werden ungeborene Generationen noch die gleiche Frage stellen?

Ein Ruhm wie der deine ist nicht käuflich. Das Schicksal allein entscheidet darüber.

Anna und Helene Stahr

Die Musik begann von neuem, und die versammelte Menge wurde so still, daß die leichten Schritte von zwei herannahenden Paaren auf dem Kiesweg zu hören waren. Ein leises Gemurmel erhob sich, als sich die beiden Damen des Quartetts nach links und rechts verneigten, bis sie endlich den letzten freien Tisch erreichten.

Ganz Weimar kannte die beiden. Es waren die Fräulein Stahr[xii]. Sie wußten immer über alles Bescheid, was in der Hofgärtnerei vor sich ging, noch bevor die Sonne hinter dem Ettersberg verschwand. Manche Weimarer hegten Anna und Helene Stahr gegenüber gemischte Gefühle – wegen der lebenslangen Verehrung der beiden für Liszt und ihres gleichzeitigen Desinteresses an seinen Schülern. Aber man erkannte an, was sie für die Musik in Weimar geleistet hatten, sei es als Mäzeninnen oder in der besser bekannten Rolle als Lehrerinnen für junge Leute mit musikalischen Neigungen. Sie waren immer gütig und das Zusammensein mit ihnen interessant und lehrreich.

Ihre Musiknachmittage waren legendär. Ihr Vater, Adolph Stahr, der Dichter und Historiker, war in ihrer Kindheit Liszts engster Freund gewesen. Liszt ging schon seit fünfunddreißig Jahren jeden Sommer am Sonntagnachmittag zu ihnen. Früher hatte er selbst gespielt, mittlerweile machten seine Schüler die Musik, während er in der ersten Reihe saß und zuhörte. Fast alle großen Künstler der Zeit waren dort. Ein Zimmer ist ihren Bildern, Autographen und Andenken gewidmet. Es ist wahrscheinlich eine der schönsten Sammlungen, die es gibt.

Im historischen Alkoven des „Russischen Hofes" versammelten sich die „Lisztianer". Jede auch nur mäßig witzige Bemerkung sorgte für dröhnendes Gelächter bei den Frohnaturen, die jedes Jahr von Anna und Helene Stahr aus der Crème de la Crème der Lisztianer auserwählt wurden – von den beiden Gründerinnen des „Ecktisches". Der Ruf „Meine Damen und Herren! Hören Sie sich das an!" reichte, um die Aufmerksamkeit aller Künstler im Alkoven und aller Stadtbewohner außerhalb zu wecken.

Bis elf Uhr am „Ecktisch" zu sitzen, war für die Fräulein Stahr Ausschweifung. Schon um zehn Uhr sagten ausgefuchste junge Leute „Gute Nacht" und begaben sich zu unschicklicheren Vergnügungen im „Hotel zum Elefanten".

Einmal kam Xaver Scharwenka[xiii] zu einem kurzen Besuch vorbei. Der Witz und die Redegewandtheit des Berliner Pianisten und Komponisten gaben der Abendgesellschaft den letzten Schliff. Seine faszinierende Persönlichkeit ließ alles andere vergessen. Leider verließ Herr Scharwenka die kleine Gesellschaft schon bald wieder, um im Russischen Hof einer Feier der „Lisztianer" beizuwohnen, wie die Schüler des alten Meisters in Weimar genannt wurden.

In dem künstlerischen Heim in der Schwanseestraße wurden Gaben von zwei Kontinenten ausgetauscht. Ein Geschenk hatte besondere Bedeutung, denn es enthielt eine Widmung des Meisters. Seine Schüler strömten ins Musikzimmer, zwei von ihnen spielten seine vierzehnte Ungarische Rhapsodie. Blumen erfüllten die Luft mit Duft und in der ersten Reihe saßen die Schwestern Stahr wie heilige Cäcilien[xiv] und starrten die Künstler bewundernd an. Es wurde ein Toast auf „das Geburtstagkind"[xv] ausge-

bracht, und dann schlenderten sie paarweise auf der großen alten Chaussee zu dem Hügel mit seinen Weinreben.

Vom Garten des „Felsenkellers" hatte man einen herrlichen Blick auf das Tal und den Park.

Dem „Geburtstagskind" Helene galt alle Aufmerksamkeit
am Tisch. Nebenan fand ein anderes Fest statt, und die an-
steckende Fröhlichkeit der Feiernden, die es mit Terpsi-
chore[xvi] hätten aufnehmen können, lockte ein paar Ge-
burtstagsgäste in den Ballsaal. Zuletzt lud der Gastgeber
die Lisztianer ein, mitzufeiern. Annas und Helenes zahl-
reiche Bänder flatterten im Walzertakt, ebenso wie die we-
henden Locken, die losen Halstücher und die Samtjacken
der Künstler, aber als die Rekruten gerade anfingen, die
Inspiration des Tanzes zu spüren, überkam den Pianisten
die Müdigkeit.

Ein anderer sprang ein, und wieder wirbelten die Tänzer
vorbei, bis den Zuschauern schwindlig wurde.

Der Tanz ging zu Ende, und auf der Chaussee sagte man
einander in der Stille der Nacht auf Wiedersehen. Der
schwere Duft der Blumen hing in der Luft, das Mondlicht
färbte die Baumkronen silbern und die Wiesen weiß.

Weimar

Im Erholungsgarten oben auf dem Hügel ertönte Musik. Ihre süßen Klänge schwebten über die Ilm. Ein Kornett spielte Schuberts „Serenade".

Einer von Liszts Schülern sagte: „Ich spreche gern Deutsch. Die glücklichsten Erinnerungen meines Lebens sind mit dieser Sprache verbunden."

„Es heißt, man möge die Sprache am liebsten, in der man gelernt hat, über die Liebe zu reden", bemerkte eine andere.

„Dann gestehe ich meine Vorliebe für Deutsch", sagte ihr Gegenüber unumwunden. „Ich weiß erst, was Liebe ist, seit ich das erste Mal in Weimar war." Er erklärte Sachsen im allgemeinen und Weimar im besonderen zur herrlichsten Gegend unter der Sonne.

„Thüringen ist ohnehin für Liebende geschaffen", bemerkte jemand.

Der Tag versank in der Nacht, eine Lampe mit Schirm erfüllte das Zimmer mit rosigem Licht und die Zuhörer senkten in schweigender Verzückung die Köpfe.

Eine milde Wärme lag in den ersterbenden Strahlen der Sonne, die Blumen dufteten in diesem schönen sächsischen Land, das so reich an Musik und Geist war. Die Seelen von Goethe, Schiller, Herder, Wieland und Liszt schienen ihm Leben einzuhauchen und die besonderen Eigenschaften zu betonen, die dem kleinen Weimar solchen internationalen Ruhm beschert hatten.

Es war genau die richtige Zeit für Überschwang – eine jener Nächte, wie Thüringen sie manchmal den Köpfen und Herzen seiner Liebesdichter schenkt. Ihrem Zauber konnte sich keiner entziehen, sie ließ den Tag und seine Mühen verblassen.

Ein Abend mit Arna Trebor

An einem Sonntagnachmittag um vier Uhr hielt Liszts Barouche vor einer Pforte in der Schwanseestraße. Anna und Helene Stahr, beide in weißen Musselinkleidern mit flatternden grünen Bändern, eilten durch den Garten eines modernen Backsteinhauses, um ihm auf halbem Weg entgegenzukommen. Die Lieblingsschüler kamen aus dem Musikzimmer im zweiten Stock, um den Meister oben an der Treppe zu empfangen, die weniger geschätzten scharten sich weniger mutig um den Eingang. Eine Gruppe hübscher Mädchen – die Lisztianer kannten sie nicht – war bis in die hinterste Ecke zurückgewichen. Es war ein dreifaches Crescendo und Liszt erschien auf der Schwelle. Das lange, enge Gewand seines kirchlichen Ranges[xvii] verlieh ihm Würde, als er gütig die erste Hand nahm, die sich ihm vorsichtig entgegenstreckte. Das machte den anderen Mut, und sie wagten sich vor. Anna Stahr schob die Fremden sogar nach vorn, dem Meister entgegen, und stellte sie ihm nacheinander vor, bis er – getreu seiner bekannten Gewohnheit – die Zeremonie jäh abbrach und sich in die erste Stuhlreihe setzte.

Die beiden Fräulein Stahr ließen sich rechts und links von ihm nieder.

Die Stille senkte sich wie ein Vorhang, und wie durch Zauberschlag saß plötzlich Arthur[xviii], ein junger Russe mit wunderbarer Technik, vor zwei Klavieren.

Sie hatten ein Programm voller Überraschungen für den Meister vorbereitet, und es herrschte gespannte Erwartung.

Der Meister war fasziniert und suchte sich einen neuen Sitzplatz zwischen den beiden Pianisten. Von dort aus konnte er ihnen unbemerkt Ratschläge geben oder am anderen Ende der Tastatur mitspielen, um den Harmonien ein breiteres Spektrum zu geben.

Die Künstler spielten Liszts Faust-Sinfonie – sein Lieblingswerk – aus dem Gedächtnis, und er schwelgte in den Bravo-Rufen, die manchmal das Spiel unterbrachen. Dann zog er die Oberlippe nach unten, und sein Gesicht nahm einen strengen, herrischen Ausdruck an, während sein Blick in Gefilde einzudringen schien, zu denen andere keinen Zugang hatten. Die Musik wurde zu einem Pianissimo gedämpft, der Meister begann leise zu summen und schlug den Takt mit dem rechten Zeigefinger. In seiner Phantasie hörte er Engel singen, und auf seinem Gesicht spiegelte sich ein erhabener Frieden wider. Er hatte sich so weit vom irdischen Dasein entfernt, daß es eine Weile dauerte, bis er in die Wirklichkeit zurückfand, die aber auch schön genug war.

Für einen Augenblick war er still und rührte sich nicht. Er lauschte, um sicherzugehen, und wandte dann den Schwestern Stahr sein strahlendes Gesicht zu. Keinem Anwesenden entging sein Lächeln. Ein Vorhang wurde lautlos aufgezogen, und gleich dahinter standen die

Sänger, schöne Fremde, deren junge Gesichter zu einem unsichtbaren Dirigenten aufblickten.

Die grauen Augen des Meisters leuchteten, und seine Gesichtszüge entspannten sich unter dem Einfluß eines echten Gefühls.

Obwohl niemand ihm, dem Schöpfer einer neuen Form der musikalischen Kunst – dem sinfonischen Gedicht –, den Anspruch auf Unsterblichkeit streitig machen konnte, war es kein Geheimnis, daß er sich auf seine alten Tage oft darüber ärgerte, wenn seine reiferen Werke von anderen musikalischen Autokraten ignoriert wurden. Seine loyalen und dankbaren Schüler hatten das Programm sorgfältig geplant, um dieses Problem zu vermeiden.

Die letzten Töne des Liedes verklangen. Der Vorhang schloß sich wieder. Arthur und ein anderer Russe spielten zu Ende. Der Meister war so überwältigt, daß er nur *„Bravissimo!"* sagte. Er umarmte die beiden Fräulein Stahr und die Künstler, auch den versteckten Chorleiter und seine großartige Kapelle.

Seit Liszts Ankunft war die Temperatur im Zimmer gestiegen und mittlerweile fast unerträglich hoch. Seine Abneigung gegen Zugluft saß ebenso tief wie die gegen

Musikkonservatorien, und deshalb waren die Räume beinahe luftdicht verschlossen. Als der arme Arthur und der andere Russe vor ihm standen und sich geduldig den Schweiß vom Gesicht tupften, erkannte man, daß auch ihm die Hitze zu schaffen machte, denn er fuhr sich ständig mit den Fingern durch sein langes seidiges Haar.

Liszt machte eine Geste in Richtung Tür, und alle Blicke richteten sich auf einen Neuankömmling, einen schuldbewußten Fensteröffner, der beschämt zurückwich, als ein halbes Dutzend Leute herbeieilten, um es zu schließen.

Helene Stahr sorgte dafür, daß das Programm weiterging, indem sie eine weitere Überraschung ankündigte.

Der schrille Klang einer Geige, die gestimmt wurde, unterbrach das undeutliche Gemurmel, als die Zuhörer wieder Platz nahmen.

„Ah! Mein kleiner Paganini!" Das Gesicht des Meisters leuchtete vor Freude auf und er ging schnellen Schrittes und mit ausgestreckten Händen in Richtung Eßzimmer, aber der Vorhang ging auf, und ein elfenhaftes junges Geschöpf in weißem Tüll kam ihm entgegen.

Der „kleine Paganini" war eine Amerikanerin, die am Konservatorium in Paris Preise gewonnen hatte, Arna Trebor. Sie hieß eigentlich „Robert" mit Nachnamen und schrieb ihren Namen rückwärts – eine Idee ihres Agenten[xix]. Sie und ihre Mutter waren ein gutaussehendes, unzertrennliches Paar. Sie verbrachten jeden Sommer in Weimar, und dank Liszts Unterstützung wurde Arna mit Ehrungen überhäuft. Sie waren am Abend zuvor von einer Tournee zurückgekommen.

Jenseits der Schwelle stand eine Gruppe von Chorsängern. Liszt führte Arna zu ihrem Platz und verbeugte sich vor ihr, obwohl er doppelt so alt war wie sie.

Die Geigerin hob die Stradivari und senkte ihren hübschen Kopf mit den braunen Locken. Ein Bogenstrich über die beseelten Sehnen, und die großen, lachenden grauen Augen bekamen einen verträumten Ausdruck.

Die Geige sprach zu den Zuhörern wie eine menschliche Stimme – und zwar eine Stimme, die durch Übung wunderschön geworden war. Niemand konnte oder wollte sich dem Zauber der anmutigen Arna entziehen. Alle sahen sie an und lauschten, als sei sie ein göttliches Wesen. Die Harmonien schienen ihren Fingern zu entströmen, und die Sehnen der alten Geige vibrierten. Nie hatte es ein größeres Einverständnis zwischen Komponist und Interpretin gegeben.

„Sie fühlt seine Gedanken", sagte ein Amerikaner.

„Wessen Gedanken?" fragte ein anderer.

„Die von Arthur Bird[xx], der diese Romanze komponiert hat. Er ist auch ein Landsmann von uns."

Als Arna ihren Bogen erneut hob, machte sie ein kokettes Gesicht. Die Sehnen schienen Funken zu sprühen. Der Rhythmus, die Anmut und die Wärme von Sarasates[xxi] „Spanischem Tanz" waren unwiderstehlich, und die Furchtlosigkeit ihrer einzigartigen Technik rissen die Zuhörer so mit, daß sie wild applaudierten.

Liszt zu Ehren hatte Arna seine „Elegie" angestimmt, auch eines seiner Lieblingsstücke, das er bei sich zu Hause oft auf dem Klavier begleitete.

Jubel brach aus.

Arna umklammerte ihr geliebtes Instrument, als sich begeisterte Zuhörer um sie scharten und ihrer Begeisterung Ausdruck gaben.

Zum Abschluß wurden Schubertlieder gespielt.

„Ade, ade und reiche mir zum Abschied deine Hand."[xxii]

Sogar für Liszts Weimar war es ein unvergeßlicher Abend. Es war ein typischer Hochsommertag gewesen, aber gegen acht Uhr abends war es in den Straßen sehr angenehm. Die Gruppen an den Ecken und in den Hauseingängen sahen den „Lisztianern" bewundernd nach, vor allem dem Publikumsliebling, der bezaubernden Arna Trebor.

Seit dem Tag, an dem Liszts Anwesenheit Weimar zur Heimat der Pianisten gemacht hatte, huldigten ihm die Bewohner dafür, daß er den Ruf der Gelehrsamkeit bewahrt hatte, den Goethe und Schiller der alten Hauptstadt verschafft hatten.

Weimar

Kommen Sie noch einmal mit mir in die Hofgärtnerei. Verzeihen Sie mir, wenn ich Sie nur bis zur Tür begleite. Ich werde klingeln und Sie der Fürsorge meiner lieben alten Freundin Pauline anvertrauen. Sie wird Sie durch das Obergeschoß führen, das Sie so gut kennen, und die interessante Sammlung erklären, die dort ausgestellt wird. Ich flüstere Ihnen zu: „Geben Sie ihr ein gutes Trinkgeld, wenn Ihnen diese kurze und wahrheitsgemäße Beschreibung ihres langen Dienstes gefallen hat, denn sie hat in den guten alten Zeiten viel für mich getan. So, nun will ich Sie nicht weiter aufhalten." Und ihr flüstere ich zu: „Kümmern Sie sich gut um meine Freunde, Pauline." Lauschen Sie auf das Echo eines anderen, viel weiter zurückliegenden Abschieds, als der gute Meister mir an einem Morgen Anfang Herbst zum letztenmal von der obersten Stufe der ausgetretenen Treppe „Auf Wiedersehen!" nachrief. Ach! Das Echo ist verklungen und damit auch die Hoffnungen, die sich nie erfüllen werden. Wo sind sie alle hin, die hier in den alten Studententagen durch die Pforte ein und aus gingen? Die Presse zweier Kontinente gibt jeden Tag Antwort. Ich habe erlebt, wie einer – ein Ausländer – in Amerika stehende Ovationen bekommen hat; ein anderer feiert Triumphe in Russland, ein dritter fasziniert die gesamte Musikwelt mit seiner transzendenten Kunst, ein vierter macht sich in Wien einen Namen, ein fünfter ist in Deutschland auf dem Weg nach ganz oben. Dem sechsten laufe ich in einer großen Stadt über den Weg, und von Zeit zu Zeit kommen Neujahrskarten mit ein paar hastigen Zeilen oder eine Zeitung aus einer amerikanischen oder ausländischen Hauptstadt, aus der man etwas über den Aufenthaltsort und den Erfolg anderer erfährt.

Warum sind sie alle für immer auseinandergegangen? Warum herrscht endlose Stille an dem Ort, an dem einst die Seele der Musik lebte und der restlichen Welt ewiges Leben gab? Um die Antwort zu finden, gehen Sie nach Bayreuth. Einer Inschrift auf einem mit Lorbeer geschmückten Grabstein auf dem alten Stadtfriedhof werden Sie Folgendes entnehmen:

Franz Liszt

Er starb am 31. Juli 1886.

Der gute Meister! Unendlich großzügig, liebenswert und liebevoll. Seine Werke leben in der Geschichte weiter, die Erinnerung an ihn in den Herzen seiner dankbaren Schüler.

Von der Atmosphäre, die seine Anwesenheit in Weimar geschaffen hat, sind nur die Musikstunden in dem Künstlerhaus in der Schwanseestraße geblieben. Aber auch die haben sich verändert – der leere Stuhl vor dem Klavier ist ein trauriger Beweis dafür, und bis auf wenige Ausnahmen sind die Teilnehmer uns fremd.

Wenn die Schwestern Stahr nicht gerade am Meer wären, würde ich Sie zu einem ihrer herrlichen Nachmittage mitnehmen, dann könnten Sie die wachsende Sammlung bewundern und vielleicht einen Freund aus Liszts Zeiten spielen hören, am besten die faszinierende Arna Trebor, denn das wäre, wie Bülow einmal über sie schrieb, „ein Fest für Augen und Ohren".

Ach, es ist schwer, geliebte alte Bande zu zerschneiden, vor allem solche, die in Weimar geknüpft wurden und die es für fast vier Jahrzehnte zum Mekka aller aufstrebenden jungen Pianisten gemacht haben. Wenn die warmen Tage kommen und der Park und die Allee wieder ihre schönen grünen Kleider anlegen, trifft man sicher Bekannte, die diesen Schauplatz kostbarer Erinnerungen wieder besuchen. Ebenso wie sie werden wir nicht „Good-bye" sagen. Das kann ich nicht, wenn ich auf die kleine Stadt hinunter schaue, in der ich die glücklichste Zeit meines Lebens verbracht habe. Wenn ich es in seinem seligen Mittsommerschlaf sehe, unter den schützenden Höhen der Hügel ringsum! So verlassen wir es. Deshalb, liebes Weimar, sagen wir nicht für lange Zeit „Auf Wiedersehen!"

Impressum

© Nadine Erler

Verlag: BoD · Books on Demand GmbH, Überseering 33, 22297 Hamburg, bod@bod.de

Druck: Libri Plureos GmbH, Friedensallee 273, 22763 Hamburg

ISBN: 978-3-8192-9834-9

[i]Karl August Herzog von Sachsen-Weimar und Eisenach (1757 – 1828), ab 1758 Herzog und ab 1815 Großherzog von Sachsen-Weimar-Eisenach, bis 1775 unter Vormundschaft seiner Mutter Anna Amalia.

[ii]Pauline Apel arbeitete seit ihrem 18. Lebensjahr für Franz Liszt. Von 1887 bis zu ihrem Tod 1926 leitete sie das Weimarer Liszt-Museum im Hofgärtnerhaus, dem früheren Wohnhaus des Komponisten.

[iii]Michael (ung. Mihály) Kreiner, genannt „Mischka" (1833 – 1896).

[iv]Carolyne Elisabeth Fürstin zu Sayn-Wittgenstein-Berleburg-Ludwigsburg, geb. von Iwanowska (1819 – 1887), Franz Liszts Lebensgefährtin.

[v]Hans von Bülow (1830 – 1894), Pianist, Dirigent, Kapellmeister und Komponist, 1857 – 1870 mit Liszts Tochter Cosima (1837 – 1930) verheiratet. Cosima stammte aus Liszts Verhältnis mit der Schriftstellerin Gräfin Marie d'Agoult (1805 – 1876) und heiratete nach der Scheidung von Hans von Bülow Richard Wagner.

[vi]Maria Pawlowna (1786 – 1859), Großherzogin von Sachsen-Weimar-Eisenach.

[vii]Carl Alexander (1818 – 1901), 1853 bis zu seinem Tod Großherzog von Sachsen-Weimar-Eisenach, verheiratet mit Sophie von Oranien-Nassau (1824 – 1897).

[viii]Anton Grigorjewitsch Rubinstein (1829 – 1894), russischer Komponist, Pianist und Dirigent.

[ix]William Mason (1829 – 1908), amerikanischer Pianist, Komponist und Musikpädagoge.

[x]Louis Held (1851 – 1927), bekannter Weimarer Fotograf.

[xi]Aus dem Gedicht *Am Neckar, am Rhein* von Otto Roquette.

[xii]Anna (1835 – 1909) und Helene Stahr (1838 – 1914), Pianistinnen und Klavierlehrerinnen, Töchter des Schriftstellers und Literaturhistorikers Adolf Wilhelm Theodor Stahr.

[xiii]Xaver Scharwenka (1850 – 1924), deutscher Komponist, Pianist und Musikpädagoge.

[xiv]Die heilige Cäcilia ist die Schutzpatronin der Kirchenmusik.

[xv] Helene Stahr hatte am 10. Juli Geburtstag. „Das Geburtstagskind" steht im Original auf Deutsch.

[xvi]Terpsichore: Muse der Chorlyrik und des Tanzes.

[xvii]Liszt wurde mit 54 Jahren zum Abbé geweiht.

[18]Arthur Friedheim (1859 – 1932), russisch-deutscher Pianist und Komponist.

[19]Gemeint ist die Violinistin Arma Senkrah (1864–1900), die eigentlich Anna Loretta Harkness hieß und auf Anraten ihres Agenten ihren Nachnamen rückwärts schrieb. Sie arbeitete mit Liszt zusammen und ließ sich nach der Heirat mit einem Anwalt in Weimar nieder (das Titelbild dieses Buches zeigt sie gemeinsam mit Liszt). Arma Senkrah nahm sich das Leben.

[20]Arthur Bird (1856 – 1923), amerikanischer Komponist, Organist und Pianist.

[21]Pablo de Sarasate (1844 – 1908), spanischer Geiger und Komponist.

[22]Zeile aus dem Lied *Die schöne Müllerin* von Wilhelm Müller (1794 –1827), vertont von Franz Schubert.